L'AGENCE BARNETT ET CIE

MAURICE LEBLANC

L'Agence Barnett et Cie

LE LIVRE DE POCHE

RENDONS À CÉSAR...

Voici l'histoire de quelques affaires dont l'opinion publique, peu d'années avant la guerre, s'émut d'autant plus qu'on ne les connut que par fragments et récits contradictoires. Qu'était-ce que ce curieux personnage qui avait nom Jim Barnett, et qui se trouvait mêlé, de la façon la plus amusante, aux aventures les plus fantaisistes ? Que se passait-il dans cette mystérieuse agence privée, Barnett et Cie, qui semblait n'attirer les clients que pour les dépouiller avec plus de sécurité ?

Aujourd'hui que les circonstances permettent que le problème soit exposé dans ses détails et résolu en toute certitude, hâtons-nous de rendre à César ce qui est dû à César, et d'attribuer les méfaits de Jim Barnett à celui qui les commit, c'est-à-dire à l'incorrigible Arsène Lupin. Il ne s'en portera pas plus mal...

I

LES GOUTTES QUI TOMBENT

Le timbre de la cour, au bas du vaste hôtel que la baronne Assermann occupait dans le faubourg Saint-Germain, retentit. La femme de chambre arriva presque aussitôt, apportant une enveloppe.

« Il y a là un monsieur que Madame a convoqué pour quatre heures. »

Mme Assermann décacheta l'enveloppe et lut ces mots imprimés sur une carte : *Agence Barnett et Cie. Renseignements gratuits.*

« Conduisez ce monsieur dans mon boudoir. »

Valérie — la belle Valérie, comme on l'appelait depuis plus de trente ans, hélas ! — était une personne épaisse et mûre, richement habillée, minutieusement fardée, qui avait conservé de grandes prétentions. Son visage exprimait de l'orgueil, parfois de la dureté, souvent une certaine candeur qui n'était point sans charme. Femme du banquier Assermann, elle tirait vanité de son luxe, de ses relations, de son hôtel, et en général de tout ce qui la concernait. La chronique mondaine lui reprochait certaines aventures un peu scandaleuses. On affirmait même que son mari avait voulu divorcer.

Elle passa d'abord chez le baron Assermann, homme âgé, mal-portant, que des crises cardiaques retenaient au lit depuis des semaines. Elle lui demanda de ses nouvelles, et, distraitement, lui ajusta ses oreillers derrière le dos. Il murmura :

« Est-ce qu'on n'a pas sonné ?

— Oui, dit-elle. C'est ce détective qui m'a été recommandé pour notre affaire. Quelqu'un de tout à fait remarquable, paraît-il.

— Tant mieux, dit le banquier. Cette histoire me tracasse, et j'ai beau réfléchir, je n'y comprends rien. »

Valérie, qui avait l'air soucieux également, sortit de la chambre et gagna son boudoir. Elle y trouva un individu bizarre, bien pris comme taille, carré d'épaules, solide d'aspect, mais vêtu d'une redingote noire, ou plutôt verdâtre, dont l'étoffe luisait comme la soie d'un parapluie. La figure, énergique et rudement sculptée, était jeune, mais abîmée par une peau âpre, rugueuse, rouge, une peau de brique. Les yeux froids et moqueurs, derrière un monocle qu'il mettait indifféremment à droite ou à gauche, s'animaient d'une gaieté juvénile.

« Monsieur Barnett ? » dit-elle.

Il se pencha sur elle, et, avant qu'elle n'eût le loisir de retirer sa main, il la lui baisa, avec un geste arrondi que suivit un imperceptible claquement de langue, comme s'il appréciait la saveur parfumée de cette main.

« Jim Barnett, pour vous servir, madame la baronne. J'ai reçu votre lettre, et le temps de brosser ma redingote… »

Interdite, elle hésitait à mettre l'intrus à la porte. Mais il lui opposait une telle désinvolture de grand seigneur qui connaît son code de courtoisie mondaine, qu'elle ne put que prononcer :

« Vous avez l'habitude, m'a-t-on dit, de débrouiller des affaires compliquées… »

Il sourit d'un air avantageux :

« C'est plutôt un don chez moi, le don de voir clair et de comprendre. »

La voix était douce, le ton impérieux, et toute l'attitude gardait une façon d'ironie discrète et de persiflage léger. Il semblait si sûr de lui et de ses talents qu'on ne pouvait se soustraire à sa propre conviction, et Valérie elle-même sentit qu'elle subissait, du premier coup, l'ascendant de cet inconnu, vulgaire détective, chef d'agence privée. Désireuse de prendre quelque revanche, elle insinua :

« Il est peut-être préférable de fixer entre nous... les conditions...

— Totalement inutile, déclara Barnett.

— Cependant — et elle sourit à son tour — vous ne travaillez pas pour la gloire ?

— L'Agence Barnett est entièrement gratuite, madame la baronne. »

Elle parut contrariée.

« J'aurais préféré que notre accord prévît tout au moins une indemnité, une récompense.

— Un pourboire », ricana-t-il.

Elle insista :

« Je ne puis pourtant pas...

— Rester mon obligée ? Une jolie femme n'est jamais l'obligée de personne. »

Et, sur-le-champ, sans doute pour corriger un peu la hardiesse de cette boutade, il ajouta :

« D'ailleurs, ne craignez rien, madame la baronne. Quels que soient les services que je pourrai vous rendre, je m'arrangerai pour que nous soyons entièrement quittes. »

Que signifiaient ces paroles obscures ? L'individu avait-il l'intention de se payer soi-même ? Et de quelle nature serait le règlement ?

Valérie eut un frisson de gêne et rougit. Vraiment, M. Barnett suscitait en elle une inquiétude confuse, qui n'était point sans analogie avec les sentiments qu'on éprouve en face d'un cambrioleur. Elle pensait aussi... mon Dieu, oui... elle pensait qu'elle avait peut-être affaire à un amoureux, qui aurait choisi cette manière originale de s'introduire chez elle. Mais comment savoir ? Et, dans tous les cas, comment réagir ? Elle était intimidée et dominée, confiante en même temps, et toute disposée à se soumettre, quoi qu'il en pût advenir. Et ainsi, quand le détective l'interrogea sur les causes qui l'avaient poussée à demander le concours de l'Agence Barnett, elle parla sans détours et sans préambule, comme il exigeait qu'elle parlât. L'explication ne fut pas longue : M. Barnett semblait pressé.

« C'est l'avant-dernier dimanche, dit-elle. J'avais réuni quelques amis pour le bridge. Je me couchai d'assez bonne heure, et m'endormis comme à l'ordinaire. Le bruit qui me réveilla vers les quatre heures — exactement quatre heures dix — fut suivi d'un bruit qui me parut celui d'une porte qui se ferme. Cela provenait de mon boudoir.

— C'est-à-dire de cette pièce ? interrompit M. Barnett.

— Oui, laquelle pièce est contiguë, d'une part, à ma chambre (M. Barnett s'inclina respectueusement du côté de cette chambre) et, d'autre part, au couloir qui mène vers l'escalier de service. Je ne suis pas peureuse. Après un moment d'attente, je me levai. »

Nouveau salut de M. Barnett devant cette vision de la baronne sautant du lit.

« Donc, dit-il, vous vous levâtes ?...

— Je me levai, j'entrai et j'allumai. Il n'y avait personne, mais cette petite vitrine était tombée avec tous les objets, bibelots et statuettes qui s'y trouvaient, et dont quelques-uns étaient cassés. Je passai chez mon mari, qui lisait dans son lit. Il n'avait rien entendu. Très inquiet, il sonna le maître d'hôtel, qui commença aussitôt des investigations, lesquelles furent poursuivies, dès le matin, par le commissaire de police.

— Et le résultat ? demanda M. Barnett.

— Le voici. Pour l'arrivée et pour le départ de l'individu, aucun indice. Comment était-il entré ? Comment était-il sorti ? Mystère. Mais on découvrit, sous un pouf, parmi les débris des bibelots, une demi-bougie et un poinçon à manche de bois très sale. Or, nous savions qu'au milieu de l'après-midi précédent, un ouvrier plombier avait réparé les robinets du lavabo de mon mari, dans son cabinet de toilette. On interrogea le patron qui reconnut l'outil et chez qui on trouva l'autre moitié de la bougie.

— Par conséquent, interrompit Jim Barnett, de ce côté, une certitude ?

12

— Oui, mais contredite par une autre certitude aussi indiscutable, et vraiment déconcertante. L'enquête prouva que l'ouvrier avait pris le rapide de Bruxelles à six heures du soir, et qu'il était arrivé là-bas à minuit, donc trois heures avant l'incident.

— Bigre ! et cet ouvrier est revenu ?

— Non. On a perdu ses traces à Anvers où il dépensait l'argent sans compter.

— Et c'est tout ?

— Absolument tout.

— Qui a suivi cette affaire ?

— L'inspecteur Béchoux. »

M. Barnett manifesta une joie extrême.

« Béchoux ? Ah ! cet excellent Béchoux ! un de mes bons amis, madame la baronne. Nous avons bien souvent travaillé ensemble.

— C'est lui, en effet, qui m'a parlé de l'Agence Barnett.

— Probablement parce qu'il n'aboutissait pas, n'est-ce pas ?

— En effet.

— Ce brave Béchoux ! combien je serais heureux de lui rendre service !... ainsi qu'à vous, madame la baronne, croyez-le bien... Surtout à vous !... »

M. Barnett se dirigea vers la fenêtre où il appuya son front et demeura quelques instants à réfléchir. Il jouait du tambour sur la vitre et sifflotait un petit air de danse. Enfin, il retourna près de Mme Assermann et reprit :

« L'avis de Béchoux, le vôtre, madame, c'est qu'il y a eu tentative de vol, n'est-ce pas ?

— Oui, tentative infructueuse, puisque rien n'a disparu.

— Admettons-le. En tout cas, cette tentative avait un but précis, et que vous devez connaître. Lequel ?

— Je l'ignore », répliqua Valérie après une légère hésitation.

Le détective sourit.

« Me permettez-vous, madame la baronne, de hausser respectueusement les épaules ? »

Et sans attendre la réponse, tendant un doigt ironique vers un des panneaux d'étoffe qui encadraient le boudoir, au-dessus de la plinthe, il demanda, comme on demande à un enfant qui a caché un objet :

« Qu'y a-t-il, sous ce panneau ?

— Mais rien, fit-elle interloquée… Qu'est-ce que cela veut dire ? »

M. Barnett prononça d'un ton sérieux :

« Cela veut dire que la plus sommaire des inspections permet de constater que les bords de ce rectangle d'étoffe sont un peu fatigués, madame la baronne, qu'ils paraissent, à certains endroits, séparés de la boiserie par une fente, et qu'il y a tout lieu, madame la baronne, de supposer qu'un coffre-fort se trouve dissimulé là. »

Valérie tressaillit. Comment, sur des indices aussi vagues, M. Barnett avait-il pu deviner ?… D'un mouvement brusque, elle fit glisser le panneau désigné. Elle découvrit ainsi une petite porte d'acier, et, fébrilement, manœuvra les trois boutons d'une serrure de coffre. Une inquiétude irraisonnée la bouleversait. Quoique l'hypothèse fût impossible, elle se demandait si l'étrange personnage ne l'avait pas dévalisée durant les quelques minutes où il était resté seul.

À l'aide d'une clef tirée de sa poche, elle ouvrit et, tout de suite, eut un sourire de satisfaction. Il y avait là, unique objet déposé, un magnifique collier de perles qu'elle saisit vivement, et dont les trois rangs se déroulèrent autour de son poignet.

M. Barnett se mit à rire.

« Vous voilà plus tranquille, madame la baronne. Ah ! c'est que les cambrioleurs sont si adroits, si audacieux ! Il faut se méfier, madame la baronne, car vraiment, c'est une bien jolie pièce, et je comprends qu'on vous l'ait volée. »

Elle protesta.

« Mais il n'y a pas eu de vol. Si tant est qu'on ait voulu s'en emparer, l'entreprise a échoué.

— Croyez-vous, madame la baronne ?

— Si je le crois ! Mais puisque le voici ! Puisque je l'ai entre les mains ! Une chose volée disparaît. Or, le voici. »

14

Il rectifia paisiblement :

« Voici un collier. Mais êtes-vous sûre que ce soit *votre* collier ? Êtes-vous sûre que celui-ci ait une valeur quelconque ?

— Comment ! fit-elle exaspérée. Mais il n'y a pas quinze jours que mon bijoutier l'estimait un demi-million.

— Quinze jours… c'est-à-dire cinq jours avant la nuit… Mais actuellement ?… Remarquez que je ne sais rien… Je ne l'ai pas expertisé, moi… Je suppose simplement… Et je vous demande si aucun soupçon ne se mêle à votre certitude ? »

Valérie ne bougeait plus. De quel soupçon parlait-il ? À propos de quoi ? Une anxiété confuse montait en elle, suscitée par l'insistance vraiment pénible de son interlocuteur. Au creux de ses mains ouvertes, elle soupesait la masse des perles amoncelées, et voilà que cette masse lui paraissait devenir de plus en plus légère. Elle regardait, et ses yeux discernaient des coloris différents, des reflets inconnus, une égalité choquante, une perfection équivoque, tout un ensemble de détails troublants. Ainsi, dans l'ombre de son esprit, la vérité commençait à luire, de plus en plus distincte et menaçante.

Barnett modula un petit rire d'allégresse.

« Parfait ! Parfait ! Vous y venez ! Vous êtes sur la bonne route !… Encore un petit effort, madame la baronne, et vous y verrez clair. Tout cela est tellement logique ! L'adversaire ne vole pas, mais substitue. De la sorte, rien ne disparaît, et s'il n'y avait pas eu ce damné petit bruit de vitrine, tout se passait dans les ténèbres et demeurait dans l'inconnu. Vous auriez ignoré jusqu'à nouvel ordre que le véritable collier s'était évanoui et que vous exhibiez sur vos blanches épaules un collier de fausses perles. »

La familiarité de l'expression ne la choqua point. Elle songeait à bien autre chose. M. Barnett s'inclina devant elle, et sans lui laisser le temps de respirer, marchant droit au but, il articula :

« Donc, un premier point acquis : le collier s'est évanoui. Ne nous arrêtons pas en si bonne voie, et, maintenant que nous savons ce qui fut volé, cherchons, madame la baronne, qui vola. Ainsi le veut la logique d'une enquête bien conduite. Dès que nous connaîtrons notre voleur, nous serons bien près de lui reprendre l'objet de son vol... troisième étape de notre collaboration.»

Il tapota cordialement les mains de Valérie.

«Ayez confiance, baronne. Nous avançons. Et, tout d'abord, si vous m'y autorisez, une petite hypothèse. Excellent procédé que l'hypothèse. Ainsi, supposons que votre mari, bien que malade, ait pu, l'autre nuit, se traîner de sa chambre jusqu'ici, qu'il se soit muni de la bougie et, à tout hasard, de l'instrument oublié par le plombier, qu'il ait ouvert le coffre-fort, qu'il ait maladroitement renversé la vitrine, et qu'il se soit enfui de peur que vous n'ayez entendu, comme tout devient lumineux! Comme il serait naturel, en ce cas, que l'on n'eût point relevé la moindre trace d'arrivée ou de départ! Comme il serait naturel que le coffre-fort eût été ouvert sans effraction, puisque le baron Assermann, au cours des années, quand il avait la douce faveur de pénétrer dans vos appartements particuliers, a dû, bien des soirs, entrer ici avec vous, assister au maniement de la serrure, noter les déclics et les intervalles, compter le nombre de crans déplacés, et, peu à peu, de la sorte, connaître les trois lettres du chiffre.»

La «petite hypothèse», comme disait Jim Barnett, parut terrifier la belle Valérie au fur et à mesure qu'il en déroulait devant elle les phases successives. On aurait dit qu'elle les voyait revivre et se souvenait.

Éperdue, elle balbutia:

«Vous êtes fou! mon mari est incapable... Si quelqu'un est venu, l'autre nuit, ce ne peut être lui... C'est en dehors de toute possibilité...»

Il insinua:

«Est-ce qu'il existait une copie de votre collier?

— Oui... Par prudence, il en avait fait faire une, à l'époque de l'achat, il y a quatre ans.

— Et qui la possédait?

— Mon mari», dit-elle très bas.

16

Jim Barnett conclut joyeusement :

«C'est cette copie que vous tenez entre les mains! C'est elle qui a été substituée à vos perles véritables. Les autres, les vraies, il les a prises. Pour quelle cause? La fortune du baron Assermann le mettant au-dessus de toute accusation de vol, devons-nous envisager des mobiles d'un ordre intime... vengeance... besoin de tourmenter, de faire du mal, peut-être de punir? N'est-ce pas? une jeune et jolie femme peut commettre certaines imprudences, bien légitimes, mais qu'un mari juge avec quelque sévérité... Excusez-moi, baronne. Il ne m'appartient pas d'entrer dans les secrets de votre ménage, mais seulement de chercher, d'accord avec vous, où se trouve votre collier.

— Non! s'écria Valérie, avec un mouvement de recul, non! non!»

Elle en avait soudain assez, de cet insupportable auxiliaire qui, en quelques minutes de conversation, presque badine par instants, et d'une façon contraire à toutes les règles d'une enquête, découvrait avec une aisance diabolique tous les mystères qui l'enveloppaient, et lui montrait, d'un air goguenard, l'abîme où le destin la précipitait. Elle ne voulait plus entendre sa voix sarcastique.

«Non», répétait-elle obstinément.

Il s'inclina.

«À votre aise, madame. Loin de moi l'idée de vous importuner. Je suis là pour vous rendre service et dans la mesure où cela vous plaît. Au point où nous en sommes, d'ailleurs, je suis persuadé que vous pouvez vous dispenser de mon aide, d'autant plus que votre mari, ne pouvant sortir, n'aura certes pas commis l'imprudence de confier les perles à quelqu'un, et qu'il doit les avoir cachées dans un coin quelconque de son appartement. Une recherche méthodique vous les livrera. Mon ami Béchoux me semble tout indiqué pour cette petite besogne professionnelle. Un mot encore. Au cas où vous auriez besoin de moi, téléphonez à l'Agence ce soir, de neuf à dix. Je vous salue, madame.»

De nouveau, il lui baisa la main, sans qu'elle osât

esquisser la moindre résistance. Puis il partit d'un pas sautillant, en se dandinant sur ses hanches avec satisfaction. Bientôt la porte de la cour fut refermée.

Le soir même, Valérie mandait l'inspecteur Béchoux, dont la présence continuelle à l'hôtel Assermann ne pouvait paraître que naturelle, et les recherches commencèrent. Béchoux, policier estimable, élève du fameux Ganimard, et qui travaillait selon les méthodes courantes, divisa la chambre, le cabinet de toilette et le bureau particulier en secteurs qu'il visita tour à tour. Un collier à trois rangs de perles constitue une masse qu'il n'est pas possible de celer, surtout à des gens du métier comme lui. Cependant, après huit jours d'efforts acharnés, après des nuits aussi, où profitant de ce que le baron Assermann avait l'habitude de prendre des soporifiques, il explorait le lit lui-même et le dessous du lit, l'inspecteur Béchoux se découragea. Le collier ne pouvait être dans l'hôtel.

Malgré ses répugnances, Valérie pensait à reprendre contact avec l'Agence Barnett et à demander secours à l'intolérable personnage. Qu'importait que celui-ci lui baisât la main et l'appelât chère baronne, s'il parvenait au but ?

Mais un événement, que tout annonçait sans qu'on pût le croire aussi proche, brusqua la situation. Une fin d'après-midi, on vint la chercher en hâte : son mari était la proie d'une crise inquiétante. Prostré sur le divan, au seuil du cabinet de toilette, il étouffait. Sa face décomposée marquait d'atroces souffrances.

Effrayée, Valérie téléphona au docteur. Le baron marmotta :

« Trop tard… trop tard…

— Mais non, dit-elle, je te jure que tout ira bien. »

Il essaya de se lever.

« À boire…, demanda-t-il en titubant vers la toilette.

— Mais tu as de l'eau dans la carafe, mon ami.

— Non… non… pas de cette eau-là…

— Pourquoi ce caprice ?

— Je veux boire l'autre… celle-ci… »

Il retomba sans forces. Elle ouvrit vivement le robinet du lavabo qu'il désignait, puis alla chercher un verre qu'elle remplit et que, finalement, il refusa de boire.

Un long silence suivit. L'eau coulait doucement à côté. La figure du moribond se creusait.

Il lui fit signe qu'il avait à parler. Elle se pencha. Mais il dut craindre que les domestiques n'entendissent, car il ordonna :

« Plus près... plus près... »

Elle hésitait, comme si elle eût redouté les paroles qu'il voulait dire. Le regard de son mari fut si impérieux que, soudain domptée, elle s'agenouilla et colla presque son oreille contre lui. Des mots furent chuchotés, incohérents, et dont elle pouvait tout au plus deviner le sens.

« Les perles... le collier... Il faut que tu saches, avant que je ne parte... Voilà... tu ne m'as jamais aimé... Tu m'as épousé... à cause de ma fortune... »

Elle protesta, indignée, contre une accusation si cruelle à cette heure solennelle. Mais il lui avait saisi le poignet, et il répétait, confusément, d'une voix de délire :

« ... à cause de ma fortune, et tu l'as prouvé par ta conduite... Tu n'as pas été une bonne épouse, et c'est pourquoi j'ai voulu te punir. En ce moment même, je suis en train de te punir... Et j'éprouve une joie affreuse... Mais il faut que cela soit... et j'accepte de mourir parce que les perles s'évanouissent... Tu ne les entends pas qui tombent et qui s'en vont au torrent ? Ah ! Valérie, quel châtiment !... les gouttes qui tombent... les gouttes qui tombent... »

Il n'avait plus de forces. Les domestiques le portèrent sur son lit. Bientôt le docteur arrivait, et il vint aussi deux vieilles cousines que l'on avait averties et qui ne bougèrent plus de la chambre. Elles semblaient attentives aux moindres gestes de Valérie, et toutes prêtes à défendre les tiroirs et les commodes contre toute atteinte.

L'agonie fut longue. Le baron Assermann mourut au petit jour, sans avoir prononcé d'autres paroles. Sur la demande formelle des deux cousines, les scellés furent mis aussitôt à tous les meubles de la chambre. Et les longues heures funèbres de la veillée commencèrent.

Deux jours plus tard, après l'enterrement, Valérie reçut la visite du notaire de son mari qui lui demanda un entretien particulier.

Il gardait une expression grave et affligée, et il dit aussitôt :

« La mission que je dois remplir est pénible, madame la baronne, et je voudrais l'exécuter aussi rapidement que possible, tout en vous assurant d'avance que je n'approuve pas, que je ne saurais approuver ce qui a été fait à votre détriment. Mais je me suis heurté à une volonté inflexible. Vous connaissiez l'obstination de M. Assermann, et malgré mes efforts...

— Je vous en prie, monsieur, expliquez-vous, supplia Valérie.

— Voici donc, madame la baronne. Voici. J'ai entre les mains un premier testament de M. Assermann qui date d'une vingtaine d'années, et qui vous désignait alors comme légataire universelle et seule héritière. Mais je dois vous dire que, le mois dernier, il m'a confié qu'il en avait fait un autre... par lequel il laissait toute sa fortune à ses deux cousines.

— Et vous l'avez, cet autre testament ?

— Après me l'avoir lu, il l'a enfermé dans le secrétaire que voici. Il désirait que l'on n'en prît connaissance qu'une semaine après sa mort. Les scellés ne pourront être levés qu'à cette date. »

La baronne Assermann comprit alors pourquoi son mari lui avait conseillé, quelques années auparavant, à l'époque de violents désaccords entre eux, de vendre tous ses bijoux et d'acheter, avec cet argent, un collier de perles. Le collier étant faux, Valérie étant déshéritée et n'ayant aucune fortune, elle demeurait sans ressources.

La veille du jour fixé pour la levée des scellés, une automobile s'arrêta devant une modeste boutique de la rue de Laborde, qui portait cette inscription :

Agence Barnett et Cie
ouverte de deux à trois heures.
Renseignements gratuits.

Une dame en grand deuil descendit et frappa.

«Entrez», cria-t-on de l'intérieur.

Elle entra.

«Qui est là? reprit une voix qu'elle reconnut, et qui parlait d'une arrière-boutique séparée de l'agence par un rideau.

— La baronne Assermann, dit-elle.

— Ah! toutes mes excuses, baronne. Veuillez vous asseoir. J'accours.»

Valérie Assermann attendit, tout en examinant le bureau. Il était en quelque sorte tout nu: une table, deux vieux fauteuils, des murs vides, pas de dossiers, pas la moindre paperasse. Un appareil téléphonique constituait l'unique ornement et l'unique instrument de travail. Sur un cendrier, cependant, des bouts de cigarettes de grand luxe, et, par toute la pièce, une odeur fine et délicate.

La tenture du fond se souleva, et Jim Barnett jaillit, alerte et souriant. Même redingote râpée, nœud de cravate tout fait, et surtout mal fait. Monocle au bout d'un cordon noir.

Il se précipita sur une main dont il embrassa le gant.

«Comment allez-vous, baronne? C'est pour moi un véritable plaisir... Mais qu'y a-t-il donc? Vous êtes en deuil? Rien de sérieux, j'espère? Ah! mon Dieu, suis-je étourdi! Je me rappelle... Le baron Assermann, n'est-ce pas? Quelle catastrophe! Un homme si charmant, qui vous aimait tant! Et alors, où en étions-nous?»

Il tira de sa poche un menu carnet qu'il feuilleta.

«Baronne Assermann... Parfait... je me souviens... Perles fausses. Mari cambrioleur... Jolie femme... Très jolie femme... Elle doit me téléphoner...

«Eh bien, chère madame, conclut-il avec une familiarité croissante, je l'attends toujours, ce coup de téléphone.»

Cette fois encore, Valérie fut déroutée par le personnage. Sans vouloir se poser en femme que la mort de son mari a terrassée, elle éprouvait tout de même des sentiments pénibles, auxquels s'ajoutaient l'angoisse de l'avenir et l'horreur de la misère. Elle venait de passer quinze jours affreux, avec des visions de ruine et de détresse, avec des cauchemars, des remords, des épouvantes, des désespoirs dont les traces marquaient durement son visage flétri... Et voici qu'elle se trouvait en face d'un petit homme joyeux, désinvolte et papillotant, qui n'avait pas du tout l'air de comprendre la situation.

Pour donner à l'entretien le ton qui convenait, elle raconta les événements avec beaucoup de dignité, et, tout en évitant de récriminer contre son mari, répéta les déclarations du notaire.

«Parfait! Très bien!... ponctuait le détective, avec un sourire approbateur... Parfait!... Tout cela s'enchaîne admirablement. C'est un plaisir de voir dans quel ordre se déroule ce drame passionnant!

— Un plaisir? interrogea Valérie, de plus en plus désemparée.

— Oui, un plaisir que doit avoir ressenti vivement mon ami l'inspecteur Béchoux... Car je suppose qu'il vous a expliqué?...

— Quoi?

— Comment, quoi? Mais le nœud de l'intrigue, le ressort de la pièce! Hein, est-ce assez cocasse? Ce que Béchoux a dû rire!»

Jim Barnett riait de bon cœur, en tout cas, lui.

«Ah! le coup du lavabo! en voilà une trouvaille! Vaudeville plutôt que drame, d'ailleurs! Mais combien adroitement charpenté! Tout de suite, je vous l'avoue, j'ai flairé le truc, et, quand vous m'avez parlé d'un ouvrier plombier, j'ai vu immédiatement le rapport entre la réparation effectuée au lavabo et les projets du baron Assermann. Je me suis dit: "Mais, saperlotte, tout est là! En même temps que le baron combinait la substitution du collier, il se réservait une bonne cachette pour les vraies perles!" Car, pour lui, c'était l'essentiel, n'est-ce pas? S'il vous avait simplement frustrée des perles, pour les jeter dans la Seine comme un paquet sans valeur dont on veut se débarrasser, ce n'eût été qu'une moitié de vengeance. Afin que cette vengeance fût complète, totale, magnifique, il lui fallait garder les perles à sa portée, et les enfouir, par conséquent, dans une cachette toute proche et vraiment inaccessible. Et c'est ce qui fut fait. »

Jim Barnett s'amusait beaucoup et continuait en riant :

« C'est ce qui fut fait, grâce aux instructions qu'il donna, et vous entendez d'ici le dialogue entre le compagnon plombier et le banquier : "Dites donc, l'ami, examinez donc ce tuyau de vidange, sous mon lavabo ? il descend jusqu'à la plinthe et s'en va de mon cabinet de toilette en pente presque insensible, n'est-ce pas ? Eh bien, cette pente, vous allez encore l'atténuer, et vous allez même, ici, dans ce coin obscur, relever un peu le tuyau de manière à former une sorte de cul-de-sac où un objet pourrait au besoin séjourner. Si l'on ouvre le robinet, l'eau coulera, remplira tout de suite le cul-de-sac et entraînera l'objet. Vous comprenez, mon ami ? Oui ? En ce cas, sur le côté du tuyau, contre le mur, afin qu'on ne puisse le voir, percez-moi un trou d'environ un centimètre de diamètre… Juste à cet endroit… À merveille ! Ça y est ! Maintenant obturez-moi ce trou avec ce bouchon de caoutchouc. Nous y sommes ? Parfait, mon ami. Il ne me reste plus qu'à vous remercier, et à régler cette petite question entre nous. On est d'accord, n'est-ce pas ? Pas un mot à personne ? Le silence. Tenez, voici de quoi prendre un billet ce soir, à six heures, pour Bruxelles. Et voici trois chèques à toucher là-bas, un par mois. Dans trois mois, liberté de revenir. Adieu, mon ami…" Sur quoi, poignée de main. Et le soir même, ce soir où vous avez entendu du bruit dans votre boudoir, substitution des perles et dépôt des véritables dans la cachette préparée, c'est-à-dire au creux du tuyau ! Et alors vous comprenez ? Se sentant perdu, le baron vous appelle : "Un verre d'eau, je t'en prie. Non, pas de l'eau de la carafe… mais de celle qui est là." Vous obéissez. Et c'est le châtiment, le châtiment terrible déclenché par votre main qui tourne le robinet. L'eau coule, entraîne les perles, et le baron enthousiasmé marmotte : "Tu entends ? elles s'en vont... elles tombent dans les ténèbres." »

La baronne avait écouté, muette et bouleversée, et cependant, plus que l'horreur de cette histoire où apparaissaient si cruellement toute la rancœur et toute la haine de son mari, elle évoquait une chose qui se dégageait des faits avec une précision effrayante.

« Vous saviez donc ? murmura-t-elle... Vous saviez la vérité ?

— Dame, fit-il, c'est mon métier.

— Et vous n'avez rien dit !

— Comment ! Mais c'est vous, baronne, qui m'avez empêché de dire ce que je savais, ou ce que j'étais sur le point de savoir, et qui m'avez congédié, quelque peu brutalement. Je suis un homme discret, moi. Je n'ai pas insisté. Et puis ne fallait-il pas vérifier ?

— Et vous avez vérifié ? balbutia Valérie.

— Oh ! simple curiosité.

— Quel jour ?

— Cette même nuit.

— Cette même nuit ? Vous avez pu pénétrer dans la maison ? dans cet appartement ? Mais je n'ai pas entendu...

— L'habitude d'opérer sans bruit... Le baron Assermann non plus n'a rien entendu... Et cependant...

— Cependant ?...

— Pour me rendre compte, j'ai élargi le trou du tuyau... vous savez ?... ce trou par lequel on les avait introduites. »

Elle tressaillit.

« Alors ?... alors ?... vous avez vu ?...

— J'ai vu.

— Les perles ?...

— Les perles étaient là. »

Valérie répéta plus bas, la voix étranglée :

« Alors, si elles étaient là, alors vous avez pu... les prendre... »

Il avoua ingénument :

« Mon Dieu, je crois que sans moi, Jim Barnett, elles eussent subi le sort que M. Assermann leur avait réservé pour le jour prévu de sa mort prochaine, le sort qu'il a décrit... rappelez-vous... "Elles s'en vont... elles tombent dans les ténèbres... Des gouttes qui tombent..." Et sa vengeance eût réussi, ce qui aurait été dommage. Un si beau collier... une pièce de collection ! »

Valérie n'était pas une femme à sursauts de violence et à explosions de colère, qui eussent dérangé l'harmonie de sa personne. Mais, en l'occasion, une telle fureur la secoua qu'elle bondit vers le sieur Barnett et tâcha de le saisir au collet.

« C'est un vol ! Vous n'êtes qu'un aventurier... Je m'en doutais... Un aventurier ! un aigrefin ! »

Le mot « aigrefin » délecta le jeune homme.

« Aigrefin !... charmant... » chuchota-t-il.

Mais Valérie ne s'arrêtait pas. Tremblante de rage, elle arpentait la pièce en criant :

« Je ne me laisserai pas faire ! Vous me le rendrez, et tout de suite ! Sinon, je préviens la police.

— Oh ! le vilain projet ! s'exclama-t-il, et comment une jolie femme comme vous peut-elle ainsi manquer de délicatesse à l'égard d'un homme qui fut tout dévouement et toute probité ! »

Elle haussa les épaules et ordonna :

« Mon collier !

— Mais il est à votre disposition, sacrebleu ! Croyez-vous que Jim Barnett dévalise les gens qui lui font l'honneur de l'utiliser ? Fichtre ! que deviendrait l'Agence Barnett et Cie, dont la vogue est précisément fondée sur sa réputation d'intégrité et sur son désintéressement absolu ? Pas un sou, je ne réclame pas un sou aux clients. Si je gardais vos perles, je serais un voleur, un aigrefin. Et je suis un honnête homme. Le voici, votre collier, chère baronne ! »

Il exhiba un sac d'étoffe qui contenait les perles recueillies et le posa sur la table.

Stupéfaite, la « chère baronne » saisit le précieux collier, d'une main qui tremblait. Elle n'en pouvait croire ses yeux. Était-il admissible que cet individu restituât ainsi?... Mais soudain elle dut craindre que ce ne fût là qu'un bon mouvement, car elle se sauva vers la porte, d'un pas saccadé, et sans le moindre merci.

« Comme vous êtes pressée! dit-il en riant. Vous ne les comptez même pas! Trois cent quarante-cinq. Elles y sont toutes... Et ce sont les vraies, cette fois...

— Oui, oui... fit Valérie... je sais...

— Vous êtes sûre, n'est-ce pas? Ce sont bien celles que votre bijoutier estimait cinq cent mille francs?

— Oui... les mêmes.

— Vous le garantissez?

— Oui, dit-elle nettement.

— En ce cas, je vous les achète.

— Vous me les achetez? Que signifie?

— Cela signifie qu'étant sans fortune vous serez obligée de les vendre. Alors autant vous adresser à moi, qui vous offre plus que personne au monde... vingt fois leur valeur. Au lieu de cinq cent mille francs, je vous propose dix millions. Ha! ha! vous voilà tout ébahie! Dix millions, c'est un chiffre.

— Dix millions!

— Exactement le prix auquel se monte, dit-on, l'héritage de M. Assermann. »

Valérie s'était arrêtée devant la porte.

« L'héritage de mon mari, dit-elle... Je ne saisis pas le rapport... Expliquez-vous. »

Jim Barnett scanda doucement:

« L'explication tient en quelques mots. Vous avez à choisir: ou bien le collier de perles ou bien l'héritage.

— Le collier de perles... l'héritage?... répéta-t-elle sans comprendre.

— Mon Dieu, oui. Cet héritage, comme vous me l'avez dit, dépend de deux testaments, le premier en votre faveur, le second en faveur de deux vieilles cousines riches comme Crésus, et, paraît-il, méchantes comme des sorcières. Que l'on ne retrouve pas le second, c'est le premier qui est valable. »

Elle prononça sourdement:

« Demain on doit lever les scellés et ouvrir le secrétaire. Le testament s'y trouve.

— Il s'y trouve… ou il ne s'y trouve plus, ricana Barnett. J'avoue même qu'à mon humble avis il ne s'y trouve plus.

— Est-ce possible ?

— Très possible… presque certain même… Je crois me souvenir, en effet, que, le soir de notre conversation, lorsque je suis venu palper le tuyau du lavabo, j'en ai profité pour faire une petite visite domiciliaire chez votre mari. Il dormait si bien !

— Et vous avez pris le testament ? dit-elle en frémissant.

— Ça m'en a tout l'air. C'est bien ce griffonnage, n'est-ce pas ? »

Il déplia une feuille de papier timbré, où elle reconnut l'écriture de M. Assermann, et elle put lire ces phrases :

« Je soussigné, Assermann, Léon-Joseph, banquier, en raison de certains faits qu'elle n'a pas oubliés, déclare que ma femme ne pourra émettre la moindre prétention sur ma fortune, et que… »

Elle n'acheva pas. Sa voix s'étranglait. Toute défaillante, elle tomba sur le fauteuil, en bégayant :

« Vous avez volé ce papier !… Je ne veux pas être complice !… Il faut que les volontés de mon pauvre mari soient exécutées !… Il le faut ! »

Jim Barnett esquissa un mouvement d'enthousiasme :

« Ah ! c'est bien, ce que vous faites, chère amie ! Le devoir est là, dans le sacrifice, et je vous approuve pleinement… d'autant plus que c'est un devoir très rude. Car enfin ces deux vieilles cousines sont indignes de tout intérêt, et c'est vous-même que vous immolez aux petites rancunes de M. Assermann. Quoi ? Pour quelques peccadilles de jeunesse, vous acceptez une telle injustice ! La belle Valérie sera privée du luxe auquel elle a droit, et réduite à la grande misère ! Tout de même, je vous supplie de réfléchir, baronne. Pesez bien votre acte, et comprenez-en toute la portée. Si vous choisissez le collier, c'est-à-dire, pour qu'il n'y ait pas de malentendu entre nous, *si ce collier sort de cette pièce*, le notaire, comme de juste, recevra demain ce second testament et vous êtes déshéritée.

— Sinon?

— Sinon, ni vu ni connu, pas de second testament, et vous héritez intégralement. Dix millions qui rappliquent, grâce à Jim. »

La voix était sarcastique. Valérie se sentait étreinte, prise à la gorge, inerte comme une proie entre les mains de ce personnage infernal. Nulle résistance possible. Au cas où elle ne lui abandonnerait pas le collier, le testament devenait public. Avec un pareil adversaire, toute prière était vaine. Il ne céderait pas.

Jim Barnett passa un instant dans l'arrière-salle que masquait une tenture, et il eut l'audace impertinente de revenir, le visage enduit de gras qu'il essuyait au fur et à mesure, ainsi qu'un acteur qui se démaquille.

Une autre figure apparut ainsi, plus jeune, avec une peau fraîche et saine. Le nœud tout fait fut changé contre une cravate à la mode. Un veston de bonne coupe remplaça la vieille redingote luisante. Et il agissait tranquillement, en homme que l'on ne peut ni dénoncer ni trahir. Jamais, il en était certain, Valérie n'oserait dire un mot de tout cela à personne, pas même à l'inspecteur Béchoux. Le secret était inviolable.

Il se pencha vers elle et dit en riant :

« Allons ! j'ai l'impression que vous voyez les choses plus clairement. Tant mieux ! Après tout, qui saura jamais que la riche Mme Assermann porte un collier faux ? Aucune de vos amies. Aucun de vos amis. De sorte que vous gagnez une double bataille, conservant à la fois votre légitime fortune et un collier que tout le monde croira véritable. N'est-ce pas charmant ? Et la vie ne vous apparaît-elle pas de nouveau délicieuse ? la jolie vie mouvementée, diverse, amusante, aimable, où l'on peut faire toutes les petites folies que l'on a le droit de faire à votre âge ? »

Valérie n'avait pas pour l'instant la moindre envie de faire des petites folies. Elle jeta sur Jim Barnett un regard de haine et de fureur, se leva, et, toute droite, soutenue par une dignité de grande dame qui opère une sortie malaisée dans un salon hostile, elle s'en alla.

Elle laissait sur la table le petit sac de perles.

« Et voilà ce qu'on appelle une honnête femme ! dit Barnett en se croisant les bras avec une vertueuse indignation. Son mari la déshérite pour la punir de ses frasques... et elle ne tient pas compte des volontés de son mari ! Il y a un testament... et elle l'escamote ! Un notaire... et elle se joue de lui ! De vieilles cousines... et elle les dépouille ! Quelle abomination ! et quel beau rôle que celui de justicier qui châtie et remet les choses à leur véritable place ! »

Prestement, Jim Barnett remit le collier à sa véritable place, c'est-à-dire au fond de sa poche. Puis, ayant fini de se vêtir, le cigare aux lèvres, le monocle à l'œil, il quitta l'Agence Barnett et Cie.

II

LA LETTRE D'AMOUR DU ROI GEORGE

On frappa.

M. Barnett, de l'Agence Barnett et Cie, qui somnolait sur son fauteuil, dans l'attente du client, répondit :

« Entrez. »

Tout de suite, en voyant le nouveau venu, il s'écria cordialement :

« Ah ! l'inspecteur Béchoux ! Ça c'est gentil de me rendre visite. Comment allez-vous, mon cher ami ? »

L'inspecteur Béchoux contrastait, comme tenue et comme manières, avec le type courant de l'agent de la Sûreté. Il visait à l'élégance, exagérait le pli de son pantalon, soignait le nœud de sa cravate, et faisait glacer ses faux cols. Il était pâle, long, maigre, chétif, mais pourvu de deux bras énormes, à biceps saillants, qu'il semblait avoir dérobés à un champion de boxe et accrochés, tant bien que mal, à sa carcasse de poids plume. Il en était très fier. D'ailleurs un air de grande satisfaction habitait sa face juvénile. Le regard ne manquait pas d'intelligence et d'acuité.

« Je passais par là, répondit-il, et je me suis dit, connaissant vos habitudes régulières : "Tiens ! mais c'est l'heure de Jim Barnett. Si je m'arrêtais…"

— Pour lui demander conseil…, acheva Jim Barnett.

— Peut-être », avoua l'inspecteur, que la clairvoyance de Barnett étonnait toujours.

Il restait indécis cependant, et Barnett lui dit :

« Qu'y a-t-il donc ? La consultation paraît difficile aujourd'hui. »

Béchoux frappa la table du poing (et la force de son poing participait du formidable levier que constituait son bras).

« Eh bien, oui, j'hésite un peu. Trois fois déjà, Barnett, nous avons eu l'occasion de travailler ensemble à des enquêtes malaisées, vous comme détective privé, moi comme inspecteur de police, et, les trois fois, j'ai cru constater que les personnes qui avaient sollicité votre concours, la baronne Assermann par exemple, se séparaient de vous avec une certaine rancune.

— Comme si j'avais profité de l'occasion pour les faire chanter…, interrompit Barnett.

— Non… je ne veux pas dire… »

Barnett lui frappa l'épaule :

« Inspecteur Béchoux, vous n'ignorez pas la formule de la maison : "Renseignements gratuits." Eh bien, je vous donne ma parole d'honneur que jamais, vous entendez, je ne demande un sou à mes clients et que jamais je n'accepte d'eux un centime. »

Béchoux respira plus librement.

« Merci, dit-il. Vous comprenez que ma conscience professionnelle ne me permet de collaborer qu'à de certaines conditions. Mais, en vérité (excusez-moi d'être indiscret), quelles sont donc les ressources de l'Agence Barnett ?

— Je suis commandité par plusieurs philanthropes qui désirent garder l'anonymat. »

Béchoux n'insista pas. Et Barnett reprit :